憶

俞平伯　著

俞平伯（一九〇〇年——一九九〇年）

原名俞銘衡，字平伯。散文家、紅學家，新文學運動初期的詩人，中國白話詩創作的先驅者之一。清代樸學大師俞樾曾孫。與胡適並稱「新紅學派」的創始人。一九一九年畢業於北京大學，後在燕京大學、北京大學、清華大學任教。主要著述有《紅樓夢辨》（《紅樓夢研究》）《冬夜》《古槐書屋問》《西還》《憶》《雪朝》《燕知草》《雜拌兒》《俞平伯全集》。

兒童文學的歷史與記憶

林文寶

大陸海豚出版社所出版之中國兒童文學經典懷舊系列，要在臺灣出版繁體版，這是臺灣兒童文學界的大事。該套書是蔣風先生策劃主編，其實就是上個世紀二、三十年代的作家與作品，絕大部分的作家與作品皆已是陌生的路人。因此，說是經典有失嚴肅；至於懷舊，或許正是這套書當時出版的意義所在。如今在臺灣印行繁體版，其意義又何在？

考查各國兒童文學的源頭，一般來說有三：

一、口傳文學

二、古代典籍

三、啟蒙教材

而臺灣似乎不只這三個源頭，綜觀臺灣近代的歷史，先後歷經荷蘭人佔據三十八年（一六二四—一六六二），西班牙局部佔領十六年（一六二六—

一六四二），明鄭二十二年（一六六一—一六八三），清朝治理二〇〇餘年（一六八三—一八九五），以及日本佔據五十年（一八九五—一九四五）。其間，相當長時間是處於被殖民的地位。因此，除了漢人移民文化外，尚有殖民者文化的滲入；尤其以日治時期的殖民文化影響最為顯著，荷蘭次之，西班牙最少，是以臺灣的文化在一九四五年以前是以漢人與原住民文化為主，殖民文化為輔的文化形態。

一九四五年十月二十五日國民黨接收臺灣後，大陸人來臺，注入文化的熱血液。接著一九四九年十二月七日國民黨政府遷都臺北，更是湧進大量的大陸人口。而後兩岸進入完全隔離的型態，直至一九八七年十一月臺灣戒嚴令廢除，兩岸開始有了交流與互動。一九八九年八月十一至二十三日「大陸兒童文學研究會」成員七人，於合肥、上海與北京進行交流，這是所謂的「破冰之旅」，正式開啟兩岸兒童文學交流歷史的一頁。

其實，兩岸或說同文，但其間隔離至少有百年之久，且由於種種政治因素，目前兩岸又處於零互動的階段。而後「發現臺灣」已然成為主流與事實。

因此，所謂臺灣兒童文學的源頭或資源，除前述各國兒童文學的三個源頭，又有受日本、西方歐美與中國的影響。而所謂三個源頭主要是以漢人文化為主，其實也就是傳統的中國文化。

臺灣兒童文學的起點，無論是一九〇七年（明治四〇年），或是一九一二年（明治四十五年／大正元年），雖然時間在日治時期，但無疑臺灣的兒童文學是屬於華文世界兒童文學的一支，它與中國漢人文化是有血緣近親的關係。因此，了解中國上個世紀新時代繁華盛世的兒童文學，是一種必然尋根之旅。

本套書是以懷舊和研究為先，因此增補了原書出版的年代（含年、月）、出版地以及作者簡介等資料。期待能補足你對華文世界兒童文學的歷史與記憶。

林文寶，現任臺東大學榮譽教授，曾任臺東大學人文學院院長、兒童文學研究所創所所長、亞洲兒童文學學會臺灣會長等。獲得第三屆五四兒童文學教育獎，中國文藝協會文藝獎章（兒童文學獎），信誼特殊貢獻獎等獎肯定。

原貌重現中國兒童文學作品

蔣風

今年年初的一天，我的年輕朋友梅杰給我打來電話，他代表海豚出版社邀請我為他策劃的一套中國兒童文學經典懷舊系列擔任主編，也許他認為我一輩子與中國兒童文學結緣，且大半輩子從事中國兒童文學教學與研究工作，對這一領域比較熟悉，了解較多，有利於全套書系經典作品的斟酌與取捨。

一開始我也感到有點突然，但畢竟自己從童年開始，就是讀《稻草人》《寄小讀者》《大林和小林》等初版本長大的。後又因教學和研究工作需要，幾乎一而再、再而三與這些兒童文學經典作品為伴，並反復閱讀。很快地，我的懷舊之情油然而生，便欣然允諾。

近幾個月來，我不斷地思考著哪些作品稱得上是中國兒童文學的經典？哪幾種是值得我們懷念的版本？一方面經常與出版社電話商討，一方面又翻找自己珍藏的舊書。同時還思考著出版這套書系的當代價值和意義。

中國兒童文學的歷史源遠流長，卻長期處於一種「不自覺」的蒙昧狀態。而清末宣統年間孫毓修主編的「童話叢刊」中的《無貓國》的出版，可算是「覺醒」的一個信號，至今已經走過整整一百年了。即便從中國出現「兒童文學」這個名詞後，葉聖陶的《稻草人》出版算起，也將近一個世紀了。在這段不長的時間裡，中國兒童文學不斷地成長，漸漸走向成熟。其中有些作品經久不衰，而一些作品卻在歷史的進程中消失了蹤影。然而，真正經典的作品，應該永遠活在眾多讀者的心底，並不時在讀者的腦海裡泛起她的倩影。

當我們站在新世紀初葉的門檻上，常常會在心底提出疑問：在這一百多年的時間裡，中國到底積澱了多少兒童文學經典名著？如今的我們又如何能夠重溫這些經典呢？

在市場經濟高度繁榮的今天，環顧當下圖書出版市場，能夠隨處找到這些經典名著各式各樣的新版本。遺憾的是，我們很難從中感受到當初那種閱讀經典作品時的新奇感、愉悦感、崇敬感。因為市面上的新版本，大都是美繪本、青少版、刪節版，甚至是粗糙的改寫本或編寫本。不少編輯和編者輕率地刪改了原作的字詞、標點，配上了與經典名著不甚協調的插圖。我想，真正的經典版本，從內容到形式都應該是精致的、典雅的，書中每個角落透露出來的氣息，都要與作品內在的美感、精神、品質相一致。於是，我繼續往前回想，記憶起那些經典名著的初版本，或者其他的老版本——我的心不禁微微一震，那裡才有我需要的閱讀感覺。

在很長的一段時間裡，我也渴望著這些中國兒童文學舊經典，能夠以它們原來的面貌重現於今天的讀者面前。至少，新的版本能夠讓讀者記憶起它們初始的樣子。此外，還有許多已經沉睡在某家圖書館或某個民間藏書家手裡的舊版本，我也希望它們能夠以原來的樣子再度展現自己。我想這恐怕也就是出版者推出這套書系的初衷。

也許有人會懷疑這種懷舊感情的意義。其實，懷舊是人類普遍存在的情感。它是一種自古迄今，不分中外都有的文化現象，反映了人類作為個體，在漫長的人生旅途上，需要回首自己走過的路，讓一行行的腳印在腦海深處復活。

懷舊，不是心靈無助的漂泊；懷舊也不是心理病態的表徵。懷舊，能夠使我們憧憬理想的價值；懷舊，可以讓我們明白追求的意義；懷舊，也促使我們理解生命的真諦。它既可讓人獲得心靈的慰藉，也能從中獲得精神力量。因此，我認為出版本書系，也是另一種形式的文化積澱。

懷舊不僅是一種文化積澱，它更為我們提供了一種經過時間發酵釀造而成的文化營養。它為認識、評價當前兒童文學創作、出版、研究提供了一份有價值的參照系統，體現了我們對它們批判性的繼承和發揚，同時還為繁榮我國兒童文學事業提供了一個座標、方向，從而順利找到超越以往的新路。這是本書系出版的根本旨意的基點。

這套書經過長時間的籌畫、準備，將要出版了。

我們出版這樣一個書系，不是炒冷飯，而是迎接一個新的挑戰。

我們的汗水不會白灑，這項勞動是有意義的。

我們是嚮往未來的，我們正在走向未來。

我們堅信自己是懷著崇高的信念，追求中國兒童文學更崇高的明天的。

二〇一一年三月二〇日

於中國兒童文學研究中心

蔣風，一九二五年生，浙江金華人。亞洲兒童文學學會共同會長、中國兒童文學學科創始人、中國國際兒童文學館館長。曾任浙江師範大學校長。著有《中國兒童文學講話》《兒童文學叢談》《兒童文學概論》《蔣風文壇回憶錄》等。二〇一一年，榮獲國際格林獎，是中國迄今為止唯一的獲得者。

目錄

憶 *1*

憶（影印本） *57*

附錄　關於《憶》的話 *212*

憶

呈吾姊

瓶花貼妥爐香定
覓我童心廿六年

憶之目次

自敘
題詞
詩卅六首　附圖十八
附錄
跋

寫定此目錄既竟，謹致謝意於朋友們。——作畫的豐子愷君，作封面畫的孫春苔君，作跋詞的朱佩弦君。——他們都愛這小玩意兒，給牠糖吃，新衣服穿。彳亍於憶之路上的我，不敢輕易把他們撇掉的。

十四年國慶日記。

自敘

雲海的浮漚，風來時散了。雲的纖柔，風的流蕩，自己雖是兩無心的，而在下面的卻每不辭冒昧去代惋惜著；這真是癡愚得到無可辯解的了。但若這個亦不足稍留我們的眷戀，人間的情思豈不更將漂泊于茫昧中了。我們且以此自珍罷，且以此自慰罷，且莫聽那「我們外」的冷笑罷！

我們低首在沒奈何的光景下，這便是沒奈何中底可奈何。

至於童心原非成人所能了解的，且非成人所能迴溯的。憶中所有的只是薄薄的影罷哩。雖然，即使是薄影罷——只要牠們在剎那的情懷裡，如濤底怒，如火底焚煎，歷歷而可畫；我不禁搖撼這風魔了似的眷念。

憑著憶罷，憑著憶罷，來慰這永旁皇於「第三世界」的我。真可呪詛的一切啊，你們使我再不忍呪詛這沒奈何中底可奈何！

一九二二年三月廿七日，作于杭州城頭巷寓。俞平伯

題詞

我初見他在江南，他說：
「春天是溫柔的，
夏天是茂盛的，
秋天是爽快的，
冬天是窩逸的。」

我再見他在北京，他說：
「春天是惆悵的，
夏天是煩倦的，
秋天是感傷的，
冬天是嚴肅的。」

我想：

「從惆悵可以得溫柔，

從煩倦可以得茂盛，

從感傷可以得爽快，

從嚴肅可以得竄逸。」

這條路，他告我就是「憶」。

平伯屬寫此題詞　瑩環

憶

第一

有了个橘子，
一个是我底，
一个是我姊姊底。
把有麻子的給了我，
把光臉的她自己有了。
「弟弟，你底好，
繡花的呢。」

真不錯！
好橘子，我吃了你罷。
真正是个好橘子啊！

第二

隔壁屋有嘈雜的哭聲，
我也蹬著腳去號啕了。
雖是回想上的悲哀，
終亦是人間的悲哀喲！
自從眼淚移到人間，
孩子不再哭了。

第三

紅綠色的蠟淚，
我們倆珍藏著，
說是龍王爺宮裏底珠子。

後來，封藏的蠟淚，
融成水晶樣了，
人們叫牠們做「淚珠」，
常常在衣襟上滴答著。

到我們底衣亦沾有淚痕的時節，
方才有些悔了。——
可惜的只是晚啊。

第四

騎著就是馬兒；
要著就是棒兒。
在草磚上拖著琅琅的，
來的是我。

第五

纖纖的眉，朗朗的目，
是她底朦朧影，
是我底朦朧愛影。

第六

黃梧桐，西風裏響得花花。
梧桐子兒飄飄著；
我們可有彈子頑了。
「揀去罷！去！」
黃梧桐下直響得花花。

又容易的黃了，
又容易的響了，
一年一年的又一年了。
「揀去罷，去。」

梧桐子呢？蟬鬢似的桐翅兒呢？
都被掃院子的取攜而去。

想他也會說，「我們可有彈子頑了！」

第七

窗紙怪響的，
布被便薄了。

她攜短燭去時，
光在窗前顫搖搖地，——
越淡了，紙窗越響得怪了，
但布被卻不薄了。

第八

女牆上黯黯的一抹斜照，
人在城外了。
初彈到這凝澀的離鄉曲，
誰知道就是最後的一節啊。

第九

一萬的金點子，
翠竹叢裏微笑，
且時時切切私語著：
「只要有一曲的清泉，
我們就好洗澡了。」

幾時來啊？
快來罷！
求求你，好清泉啊，
讓牠們洗个澡罷！

盼得我長大了，
清泉老是不肯來。
我卻怱怱地北京去。

不知誰說的？
「竹子歪斜得很，
砍去了罷。」──
姊姊把牠們斫了！

重來的時光，
野草齊我肩；
連苦笑都不可覓了，
再想什麼清且曲的好流泉！
好姊姊呀，
你搶去了我底一萬的金點子呀，
而且是想洗滌的金點子呀。

第十

有一天，黃昏時，
流蘇帽的她來我家。
又有一天的黃昏時候，

她卻帶著新嫁娘的面紗來了。

是她嗎？是的。——
只是我怎不相信呢？

紅燭下靚妝的她明明和我傍著，
這更使我時時憶那帶流蘇帽兒的。
她亦該憶著罷，——
或者妬而惆悵吧。
我總時時被驅迫著去追憶那帶流蘇帽兒的。

第十一

爸爸有个頂大的斗篷。
天冷了，牠張著大口歡迎我們進去。

誰都不知道我們在那裏，
他們永找不著這樣一个好地方。

斗篷裹得漆黑的，
又在爸爸底腋窩下，
我們格格的笑：
「爸爸真个好，
怎麼會有了這个又暖又大的斗篷呢？」

第十二

「來了！」
「快躲！門！門……」

我看不見他們了，
他們怎能看見我？
雖然，一扇門後頭，
分明地有雙孩子底腳。

只找了一忽兒，就找著了；
這真是好詫異！
即現在的我，依然怪詫異的。

第十三

隔院有彈「批霞那」的，
我回之而遠了。

丁東間斷時，我心歸來了；
依舊的靜寂裏，
添些肥的琴聲裏的影子。

第十四

老綠梅和紅闌干兒齊，
滿滿一樹的「玉蝶」*和牠偎倚。
娘說：「上來看看花。」

「登！」「登！」從梯上來了，
看了看，去跳了。

無錫老太婆底房子上，
有燒飯的煙；
隔壁樓窗裏的女人，
停了她底針線。
蜂蝶們倦了，不在花間；
孩子們倦了，不在花前；
家家都有燒飯的煙。

*玉蝶，白梅花底一種。

第十五

小小一个桃核兒，
不多時，搖搖擺擺紅過了牆頭。

第十六

有一年，曲池*中種紅藕。
「會開荷花的。」

從紅藕下了泥，
荷花沒搖曳牠的粉紅衣；
徒然被浮萍漲滿了，
綠得快快活活的，

且怪可討厭的了。

*蘇寓曲園內有曲池，形如篆文曲字。

第十七

離家的燕子，
在初夏一个薄晚上，
隨輕寒的風色，
懶懶的飛向北方海濱來了。

雙雙尾底翩躚，
漸漸褪去了江南綠，
老向風塵間，

這樣的，剪啊，剪啊。
重來江南日，
可憐只有腳上的塵土和牠同來了，
還是這樣的，剪啊，剪啊。

第十八

庭前，比我高不多的櫻桃樹，
黃時，鳥聲啾喳著；
紅時，只剩了些大半顆，小半顆了。
我們惜櫻桃底殘，
又妒小鳥們底來食，
所以，把大半顆，小半顆的紅櫻珠，

搶著咽了。

第十九

朝陽在蘇州河上朦朧著，
有霧哩。
我不認識那裏是，
船家嚷：「上海到啦！」

車馬，高大的房子，人，塵土……
為什麼都這樣的紛紛揚揚？
都這樣的嘈嘈襍襍？
總是向來所未曾有的。
於是在初明的朝暉下，

瞥見上海市鮮活的片影；
即使後來人說是灰色的影子。

第二十

門前軟軟的綠草地上，
時有叫賣者來。
「桂花白糖粥！」
聲音是白而甜的。
「酒釀——酒！」
聲音是微酸而澀的。
我們一聽便知道了，
這本太分明了。

如空跑到草地上，
沒有錢去買來吃；
他們會踅到隔巷中去吆喚，不理我們的。
糖粥擔兒上敲著：「閣！閣！閣！」
又慢，又軟，又沙的是：
「酒釀——酒」

以上諸篇一九二二年六月前在杭州作。

第二十一

小小的闌干，紅著的，
蒲葵扇上，梔子花兒的晚香。

第二十二

亮汪汪的兩根燈草的油盞；
攤開一本禮記，
且當牠山歌般的唱。
乍聽閒壁又是說又是笑的，
「她來了罷？」
禮記中盡是些她了。
「娘！我書已讀熟了。」

第二十三

她底照片在一小抽屜裏。
他們都會笑我的，

假如當著他們去看。
但是，背著他們看不更好嗎？
好笨的啊！

第二十四

沙軟而重的眠歌，
依依若在我耳旁。
所賜給的，
真極人間世底廣，
使我不復羈於第三世界而彷徨，
使我不復愴怨吾生底微茫。
人已遠了，說已晚了，

可默然了。
我將銜我的哀思，——
不然，我底全心喲，
於墳墓了。

第二十五

夜真是可怕的靜，
淡青的月兒斜切著紙窗一角，
以外仍是黑的。

到「花花蝴蝶飛過牆」的調子，
跟著她們底腳步，
柔曼悠揚地響在長廊，

笑語也滿了長廊，
枕兒軟了，席兒涼了，
夏夜一霎便去了。

第二十六

今兒是八月半。——不錯！
一定要點高高的斗香，
上面有多多少少的旗子。

蠟燭明得可愛，
旗子紅得可愛，
斗香的煙亂七八糟得可愛。
他們偏要鬧什麼「做詩」，

算怎麼一回事呢？
他們究竟做了沒有呢？
想是哄我們的。
不然，當真去做詩，
放著桌子上供月亮姆姆的餅不來吃，
真是傻子了。

第二十七

惻惻的情思，懶懶的腳步，
向歪歪斜斜的水亭上闌干倚了。
池畔壓著一叢黃的棣棠。
棣棠點點頭，他想起什麼來了。

棣棠睡著，他可更想多了。

以上諸篇同年九月八日夜作于美國波定譔。

第二十八

紅蠟燭底光一跳一跳的。
燭臺上，今夜有剪好的大紅紙，
碧綠的柏枝，還綴著鵝黃的子。

紅蠟燭底光一跳一跳的，
照在掛布帳的床上，
照在裏床的小枕頭上，
照在小枕頭邊一雙小紅橘子上。

第二十九

慣垂紫玉瓔珞的藤蘿架，
漸綠羅帳似的陰陰了。
老梧桐樹肥直的腰肢，
響著花喇喇的大葉。

知了之聲焦灼，
蝦蟆之聲繁多，
一般的響。
只一个在亭午，
一个在夜晚上；
只一个在池邊，
一个在樹梢上。
長夏來時，老戀著牠們倆。

板板地湛碧的天，
垂垂地勻細的簾子，
孩子坐在比他大得多，大得多的椅子上，咿啞啞地讀；
時時聽聽知了底叫，
更從簾縫縫裏偷瞧太陽底影子。——
光著膀子呢。

九月三十日

第三十

近黃昏了，燈還沒有上，
梔子又一陣陣陣的香。

不但近黃昏，且近夜了，
燈卻還沒有上。

已甚朦朧的中夏底薄晚上，
太朦朧的三兩重的碧紗窗，
她，高高的身个兒，銀紅的衫兒，
一瞥便去了。

可愛的匆匆，可愛的朦朧，
以她的可愛而皆可愛了。
唯癡絕的猶以為不足。

我若是个畫家，
定就這朦朧且匆匆的景光，

將一件銀紅的衫兒鮮明地染了。
我若是个詩人，
定把那時所有的狂歌怨思，
隨她的影兒微微一撩，
傾注於筆尖，融漾於歌喚了。

但我可憐，空著一雙手，
讓朋友底琴唱罷。
「我的光榮啊，
我若有光榮啊！」＊

十月十九夜。

＊語見《雪朝》第二六頁。

第三十一

我有一把彎彎俄國底漆刀，
印著好看的花紋，
我們都不懂。
俄國人畫的。
倒是藍得像什麼似的！
像个什麼呢？——
告訴你！你——來。
非常之藍，藍得很！

不知哪一天，刀忽然折了腰。
我不歡喜看這赤條條黃木頭的怪樣子，
一扔扔到床頂上，
再不瞅牠一眼。

你得知道，
就在我那床頂上，
牠正乖乖的獃著呢。
只是，我——
再不瞅牠一眼。

第三十二

上燈節的大晚上：
提著的有，
掛著的有，
擎著的有，
自己跑著的有；
在院子裏，

在堂屋裏，
在廊上，在我房裏。

紅的金魚，
碧綠的蝦蟆，
黃的螳螂，
白白的兔子……
你數忘了一个，
白的繡球兒。
是的！白白的兔子和繡球兒。
繡球兒倒也是个白的。

小蠟燭，小得很，
經不起風吹，
風吹便要淌眼淚，

躲在燈兒的懷裏。

摟著，抱著，
輕輕的拍著，
只落得桃紅色的淚珠兒，
大大的濺了一臉。
牠們倆抖抖地當著風前哭！

薄薄的紙燈，
搖搖的短檠，
東北風吹來，冷冷清清。
淚流呀，——流也罷，
淚終于凝；
長流呀，——長流也罷，
終於要凝。

誰都倦了，誰都要睡了，
遲遲的晚冬之夜，
是燈兒們睡的時候，
是小孩子們睡的時候；
即使在大上燈節底大晚上！

十月二十一日
以上作于美國紐約城。

第三十三

淡漠極的清秋，
近黃昏時，灰色的天空，
有一隊正盤旋著，正嘶叫著的黑老鴰。

紙格子的窗，
窗底中央，一塊小方玻璃，
朦朦朧朧地露出孩子的黑的鬢髮，
黑而且大的眼。
孩子在燈前，
老鴰們在窩裏；
銀灰色的黃昏，
挨著鐵灰色的夜。
只剩得淡青色油盞火的微芒，
在小方玻璃面前，
獨自的哀哀地顫，抖抖地哭；
而老黃的紙格子們，
都方正地板著臉。

一九二三年五月廿五日作。

第三十四

竹楊戛著；
蒲扇拍著；
一陣冬青樹的風，
把衖堂裏兩扇板門，
彭彭的響著。

第三十五

月兒躲在楊柳裏，
我倆都坐著，
矮的凳上，長的廊上。
姊姊底故事講得好哩。

月兒移上楊柳梢，
我們便倦了；
月兒穿出楊柳外，
我們便走了。

到月光遍浸長廊，
我們在床上了；
到月光斜切紙窗，
我們早睡著了。

月兒度過中天，
向清苦的西方直落下去。
曉風吹動耿耿的長庚，
搖搖的好像一盞燈。
家雞還要睡睡呢，

但遠處已喔喔然了。
窗子裏，帳子裏的，
戀著癡甜的夢的我們，
可還是沒有醒。

五月卅一中夜作。

第三十六

憶底跋尾

燕子愛牠底頹巢，
甚於愛牠主人底畫梁。

靛似的海洋，
銀樣的冰川，
焦的黃沙磧，
嫩的綠草原，……

那樣踪跡都黯淡了，飄墮了，
且融解了。
只有雛年曾嬉戲過的舊巢，

是和牠稔熟的，
是和牠親密的，
是和牠相擁抱的。

小燕子其實也無所愛，
只是沉浸在這朦朧而飄忽的夏夜夢裏罷了。

此詩依次本列第卅四，因為本集之跋移至卷後。
一九二五年二月一日抄畢記。

附錄

年來偶有用舊體詩寫往事者，此亦憶之屬也。

京師舊遊集憶　七年舊作

頻有驕驄陌上嘶，風蟬寥戾過楊枝。
樓頭燈影樓前月，醉裏情懷似舊時。

——什剎海

偶移塵躅踏山林，栽罷南崗又北岑。
重過琅琊讙意滅，更憐松桂未成陰。

——京西薛家山

百年陵闕散蕪煙，芳草牛羊識舊阡。
一樹山桃紅不定，兩三人影夕陽前。

——明景泰帝陵

吳苑西橋舊居門前

成塵寒雨浴河堤，鵝綠楊枝顫後歌。
別巷賣花聲乍遠，餛飩擔子上橋西。

——十三年二月十一日

海上秋鷗

長飆側側颭羣鷗，雲物倥偬亂入秋。
抵得一林黃葉嘯，迴旋銀翹海西頭。

——三月六日

偶憶湖樓之一夜

出岫雲嬌不自持，好風吹上碧玻璃。
捲簾愛此：朦朧月，畫裏青山，夢後詩。
——八月三日，作北京。

過大取燈胡同感事

廣陌疏槐又晚晴，朱門曾此迎鸞軿。
翠翹欲溜扶上座，裙帶時搖九子鈴。

題平湖秋月圖

錦帶橋西杳鈿輪，楊枝還學水漪淪。
尖風苦茗雙清侶，圓月何須憶故人。

君　憶

君憶南湖蕩槳時，老人祠下共尋詩；
而今陌上花開日，應有將雛舊燕知。
湖湄久坐待惺忪，絮語依稀一剪風。
回首高樓燈影淡，笑渠同臥月明中。

——十四年夏於北京

憶江南

江南好，長憶在西湖。雲際遙青多擁髻，
隄頭膩綠每皴螺。葉艇蘸晴波。
江南好，長憶在山塘。遲日烘晴花市鬧，鄰灘打水女砧忙。鈴塔動微陽。
江南好，長憶在吳城。門戶窺人鶯燕懶；日斜深巷賣糖聲，吹徹杏花明。
江南好，長憶在吾鄉。魚浪烏篷春撥網，蟹田紅稻夜鳴榔。人語鬧宵航。

——七年夏在北京作。

臨江仙　記六年夏在天津養痾事

夢醒簟紋在臂，倦聞簾押丁東。借君短榻病惺忪。榴紅裙衩小，荷翠鬢雲鬆。
回眄當年香壘，原來只恁匆匆。天涯是處有秋風。身如黃葉子，霜雪會憐儂。

——十一年十月十二日在紐約改寫舊作。

跋

小燕子其實也無所愛，
只是沉浸在朦朧而飄忽的夏夜夢裏吧了。
——第三十六首——

人生若真如一場大夢。這個夢倒也很有趣的。在這個大夢裡，一定還有長長短短，深深淺淺，肥肥瘦瘦，甜甜苦苦，無數無數的小夢。有些已經隨著日影飛去；有些還遠著呢。飛去的夢便是飛去的生命，所以常常留下十二分的惋惜在人們的心裡。人們往往從「現在的夢」裡走出，追尋舊夢的蹤跡，正如追尋舊日的戀人一樣；他越過了千重山、萬重水，一直的追尋去。這便是「憶的路」。「憶的路」是愈過愈廣闊的，是愈過愈平坦的；曲曲折折的路旁隱現著幾多的驛站，是行客們休止的地方。最後的驛站，在白板上寫著朱紅的大字：「兒時」。這便是「憶的路」的起點，平伯君所徘徊而不忍去的了。

飛去的夢因為飛去的緣故，一例是甜蜜蜜，但又酸溜溜的。這便合成了別一種滋味，就是所謂惆悵了。而「兒時的夢」和現在差了一世界，那醞釀著的惆悵的味兒，更其肥腴得可以，直膩得人沒法！您想那顆一絲不掛卻又愛著一切的童心，眼見得在那隱約的朝霧裡，憑您怎樣招著您的手兒，總是不回到腔子裡來；這是多麼「缺」呢？於是平伯君覺著悶的慌，便老老實實的，像春日的輕風在綠樹間微語一般，低低的，密密的將他的可憶而不可捉的「兒時」訴給您了。他雖然不能長住在那「兒時」裡，但若能多招呼幾個伴侶去徘徊幾番，也可略減他的空靈之感；那惆悵的味兒，便不致老在他的舌本上膩著了。這是他的聊以解嘲的法門，我們都多少能默喻的。

在朦朧的他兒時的夢裡，有像紅蠟燭的光一跳一跳的，便是愛。他愛故事講得好的姊姊，他愛唱沙軟而重的眠歌的乳母，他愛流蘇帽兒的她。他也愛翠竹叢裡一萬的金點子和小枕頭邊一雙小紅橘子；也愛紅綠色的蠟淚和爸爸的頂大的斗篷；也愛剪啊，剪啊的燕子和躲在楊柳裡的月亮……他有著純真的，爛漫的心；凡和他接觸的，他都與他們稔熟，親密——他一例的擁抱了他們。所以他是自然（人也在內）的真朋友！

他所愛的還有一件，也得給您提明的，便是黃昏與夜。他說他將像小燕子一樣，沉浸在夏夜夢裡，便是分明的自白。在他的「憶的路」上，在他的「兒時」裡，滿布著黃昏與夜的顏色。夏夜是銀白色的，帶著梔子花兒的香；秋夜是鐵灰色的，有青色的油盞火的微芒；春夜最熱鬧的是上燈節，有各色燈的輝煌，小燭的搖盪；冬夜是數除夕了，紅的、綠的、淡黃的顏色，便是年的衣裳。在這些夜裡，他那生活的模樣兒啊，短短兒的身材，肥肥兒的個兒，甜甜兒的面孔，有著淺淺的笑渦；這就是他的夢，也正是多麼可愛的一個孩子！至於那黃昏，都籠罩著銀紅衫兒，流蘇帽兒的她的朦朧影，自然也是可愛的！——但是，他為什麼愛夜呢？聽明的您得問了。我說夜是渾融的，夜是神祕的，夜張開了她無長不長的兩臂，擁抱著所有的所有的，但您卻瞅不著她的面目，摸不著她的下巴；這便因可驚而覺著十三分的可愛。堂堂的白日，界畫分明的白日，分割了愛的白日，豈能如她的繫著孩子的心呢？夜之國，夢之國，正是孩子的國呀，正是那時的平伯的國呀！

平伯君說他的憶中所有的即使是薄薄的影，只要它們歷歷而可畫，他便搖動了那風魔了的眷念。他說「歷歷而可畫」，原是一句綺語；誰知後來真有為他「歷歷畫出」的子愷呢？他說「薄薄的影」，自是謙的話；但這一個「影」字卻是以實道實，確切可靠的。子愷便在影子上著了顏色——若根據平伯的話推演起來，子愷可說是厚其所薄了。影子上著了顏色，確乎格外分明：我們不但能用我們的心眼看見平伯的夢，更能用我們的肉眼看見那些夢；於是更搖動了平伯以外的我們的風魔了的眷念了。而夢的顏色加添了夢的滋味；便是平伯自己，因這一畫啊，只怕也要重落到那悶人的，膩膩的惆悵之中而難以自解了！至於我，我呢，在這雙美之前，只能重複我的那句老話：「我的光榮啊，我若有光榮啊！」

我的兒時現在真只剩了「薄薄的影」。我的「憶的路」幾乎是直如矢的；像被大水洗了一般，寂寞到可驚的程度！這大約因為我的兒時實在太單調了；沙漠般展伸著，自然沒有我的「依戀」一回翔的餘地了。平伯有他的好時光，而以不能重行佔領為恨；我是並沒有好時光，說不上佔領，我的空靈之感是兩重的！但人生畢竟是可以相通的；平伯訴給我們他的「兒時」，子愷又畫出了它的輪廓，我們深深領受的時候，就當是我們自己所有的好了。「你的就是我的，我的就是你的」，豈止「慰情聊勝無」呢？培根說，「讀書使人充實」；在另一意義上，您容我說吧，這本小小的書確已使我充實了！

一九二四年八月十七，朱自清記。

憶

呈吾姊

瓶花帖妥爐香定
覓我童心廿六年

憶之目次

自序
題詞
詩卌六首　附圖十八
附錄
跋

寫定此目錄既竟，謹致謝意於朋友們。——作畫的豐子愷君，作封面畫的孫春臺君，作跋詞的朱佩弦君。——他們都愛這纈意心給牠糖吃，漸衣服穿了，于於憶之路上的我，不敢輕易把他們撇掉的。

十四年國慶日記。

自敘

雲海底浮漚，風來時散了。 雲底纖柔，風底流蕩，自己雖是兩無心的，而在下面的卻每不辭冒昧去代惋惜着；這真是癡愚得到無可辯解的了。 但若這个点不足稍留我們底眷戀，人間底情思豈不更将飄泊于茫昧中了。我們且以此自珍罷，且以此自慰罷，且莫聽那「我們外底冷笑罷」！我們低首在沒柰何的光景下，這便是沒柰何中底可柰何。

至於童心原非成人所能了解的，且非成人所能迴溯的。憶中所有的只是薄薄的影罷哩。 雖然，即使是薄影罷——
只要牠們在剎那的情懷裏，如濤底怒，
如火底焚蒸，歷歷而可畫；我不禁搖撼這
風魔了似的眷念。
憑着憶罷，憑着憶罷，来慰這永永
旁皇於「第三世界」的我。 真可咒詛的

一切啊，你們使我再不忍咒詛這沒奈何
中底可奈何！

一九二二年三月廿七日，
作于杭州城頭巷廡。
俞平伯
平伯

題詞

我初見他在江南，他説：

〝春天是温柔的，

夏天是茂盛的，

秋天是爽快的，

冬天是高逸的。〞

我再見他在北京，他說：
「春天是惆悵的，
夏天是煩倦的，
秋天是感傷的，
冬天是嚴肅的。」
我想：

“從惆悵可以得溫柔，
從煩倦可以得茂盛，
從感傷可以得爽快，
從嚴肅可以得窩逸。”
這條路，他告我就是「憶」。

平伯屬寫此題詞　瑩環

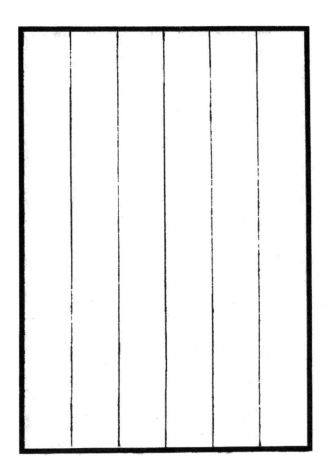

這条路，
他带我，
就是
憶

憶

第一

有了兩个橘子，
一个是我底，
一个是我姊姊底。

把有麻子的給了我，

把光臉的她自己有了。

"弟弟，你底好，

繡花的呢。

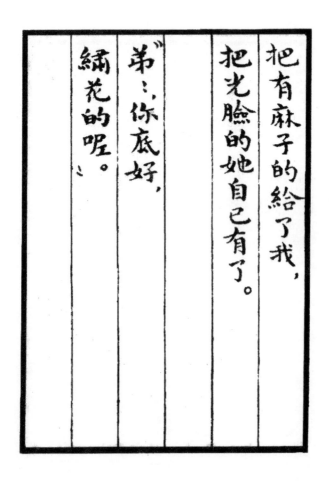

真不錯！

好橘子，我吃了你罷。

真正是个好橘子啊！

第二

隔壁屋有嘈襍的哭聲，
我也蹬着脚去號啕了。

雖是回想上的悲哀，
終久是人間底悲哀喲！

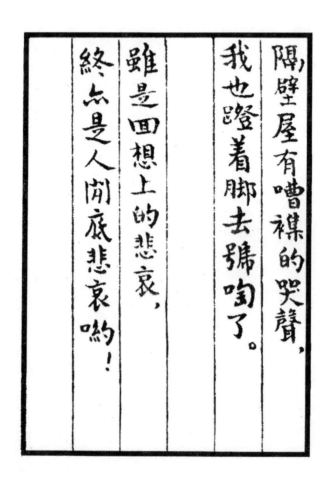

自從眼淚移到人間，
孩子不再哭了。

第三
紅綠色的蠟淚，

我們倆珍藏着，
說是龍王爺宮裏底珠子。

後来，封藏的蠟淚
融成水晶樣了，
人們叫牠們做「淚珠」

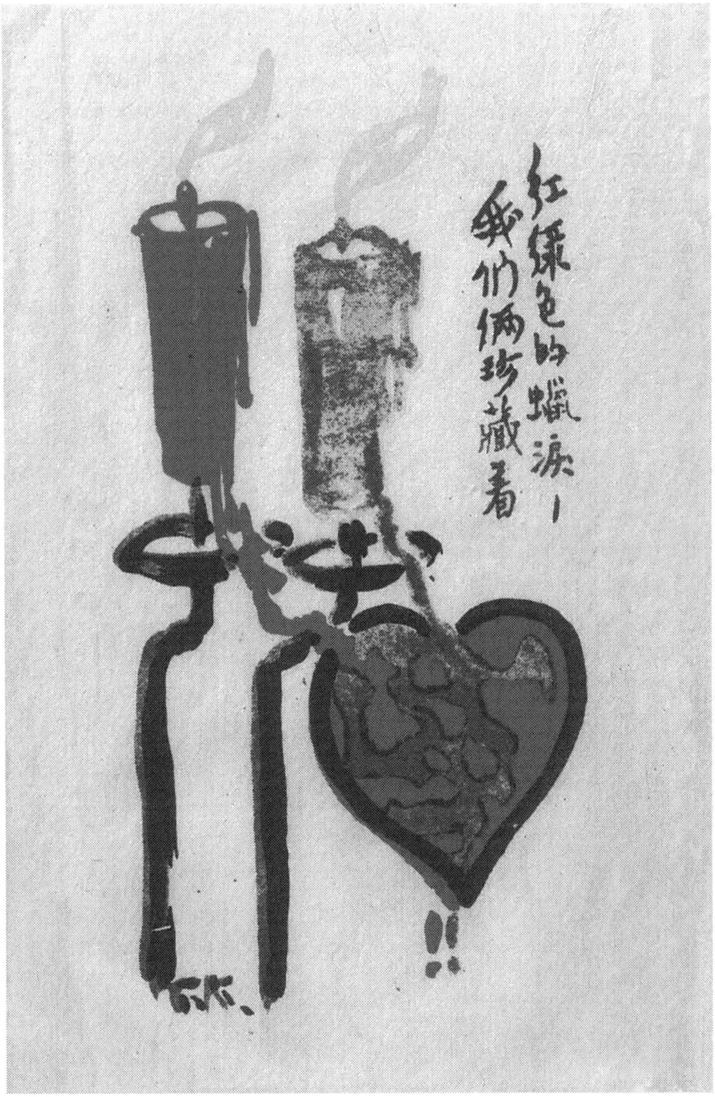
紅綠色的蠟淚，
我們倆珍藏着

常〻在衣襟上滴搭着。

到我們底衣亦沾有淚痕的時節，
方才有些悔了。——
可惜的只是晚啊。

第四

騎着，就是馬儿；
要着就是棒儿。
在草塼上拖着琅琅的，
来的是我。

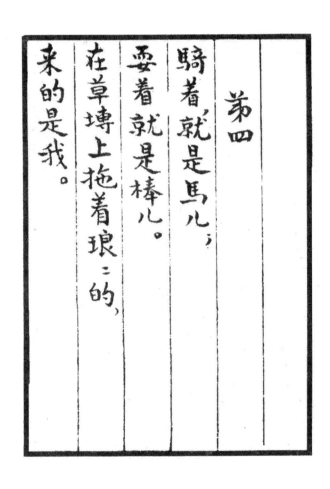

T.K.
来的是我

第五

纖々的眉、朗々的目，
是她底朦朧影，
是我底朦朧愛影。

第六

黃梧桐，西風裏響得花〻。
梧桐子儿飄〻着〻：
我們可有彈子頑了。

“揀去罷！去！”
黃梧桐下直響得花〻。

又容易的黃了，
又容易的響了
一年一年的又一年了。

揀去罷，去。
梧桐子呢？、蟬翼似的桐翅儿呢？、
都被掃院子的取携而去。
想他也會說，我們可有彈子頑了！

第七

窗紙怪響的，
布被便薄了。
她携短燭去時，
光在窗前顫搖搖地，——

越淡了、紙總越響得怪了，

但布被卻不薄了。

第八

女牆上黯黯的一抹斜照，

女牆上點點的一抹
斜陽，人在城外了，
T.K.

人在城外了。

初彈到這凝澀的離鄉曲，

誰知道就是最後的一節啊。

第九

一萬的金點子、
翠竹葉裏微笑、
且時時切切私語着：
"只要有一曲的清泉，
我們就好洗澡了。"

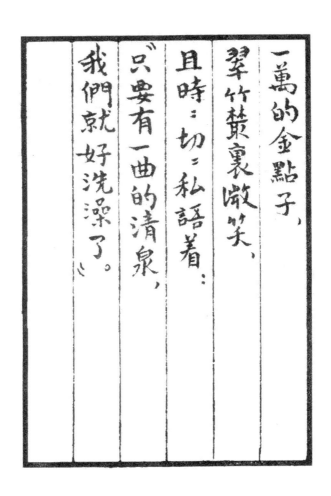

幾時來啊？、

快來罷！

求〻你，好清泉啊，

讓牠們洗个澡罷！

盼得我長大了，

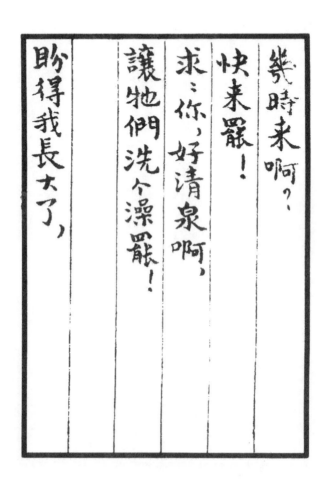

清泉老是不肯来。
我却怱〻地北京去。

不知誰説的?、
竹子歪斜得很，
斫去了罷。

姊々把牠們斫了！

重來的時光，

野草齊我肩；

連笑都不可覓了，

再想什麼清且曲的好流泉！

好姊姊呀，
你搶去了我底一萬的金點子呀，
而且是想洗滌的金點子呀。

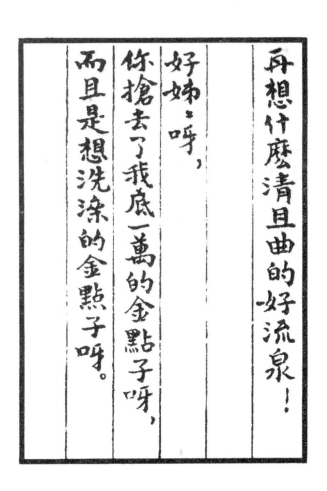

第十

有一天，黃昏時，
流蘇帽的她来我家。

又有一天的黃昏時候，

—她却帶着新嫁娘的面紗来了。

—是她嗎？是的。——
只是我怎不相信呢？

红燭下靚妝的她明明和我傍着，

有一天，
黃昏時，
沉默帽的
她來我家.
T. K.

這更使我時時憶那帶流蘇帽儿的。
她亦該憶着罷，——
或者妬而惆悵罷。
我總時時被驅迫着去追憶那帶流
蘇帽儿的。

苐十一

爸〻有个頂大的斗篷。

天冷了，牠張着大口歡迎我们進去。

誰都不知道我們在那裏，

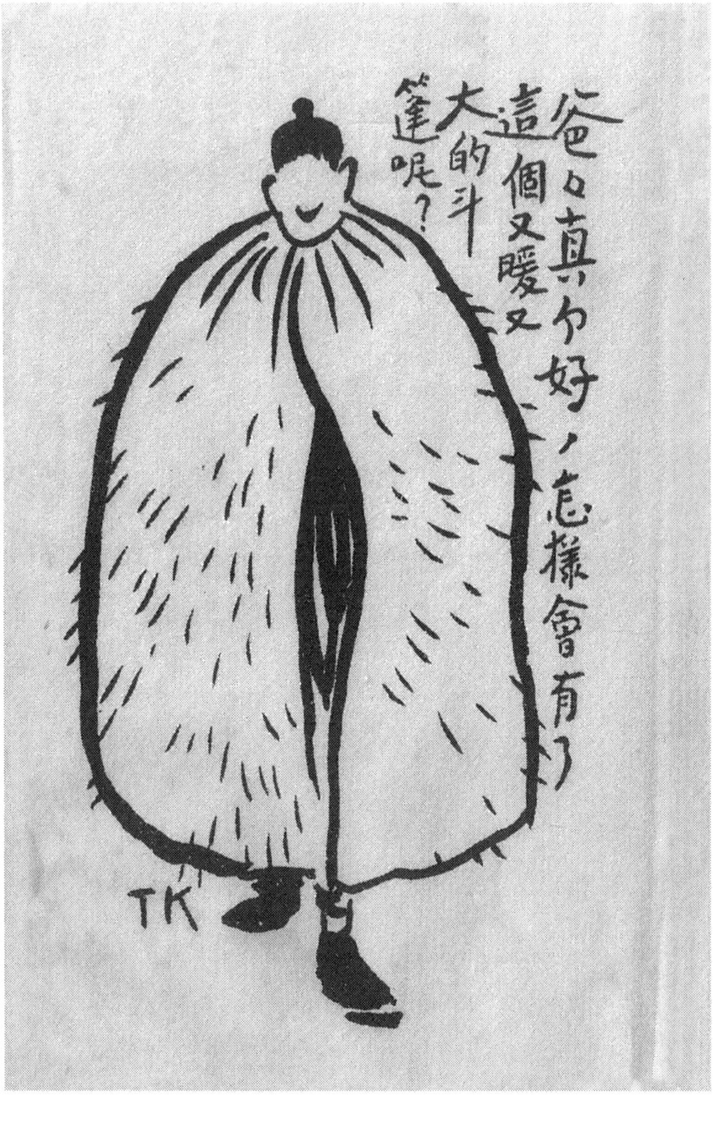
爸々真々好，怎樣會有了
這個又暖又
大的斗
篷呢？
TK

他們永找不着這樣一个好地方。

斗篷裏得漆黑的、

又在爸々底腋窩下、

我們格々的笑々。

〝爸々真个好〞

怎麼會有了這个又暖又大的斗篷呢？」

第十二

「来了！」

「快點、門！門……」

雖然一扇門後頭分明地
有双孩子底脚！
T.K.

我不看見他們了，
他們怎能看見我？、
雖然，一扇門後頭
分明地有雙孩子底腳。

只找了一忽兒，就找着了；

這真是好詑異！

即現在的我，依然怪詑異的。

第十三

隔院有彈批霞那的，
T.K.K

隔院有彈「批霞那」的，
我回之而遠了。

丁東間斷時，我心歸來了；
依舊的靜寂裏，
添些肥的琴聲裏的影子

第十四

老緑梅和紅闌干几曆，

滿滿一樹的「玉蝶」和牠偎倚。

娘說："上来看看花。"

老綠陰和紅欄干
見着,崗上桐的一望堤和地很偉,

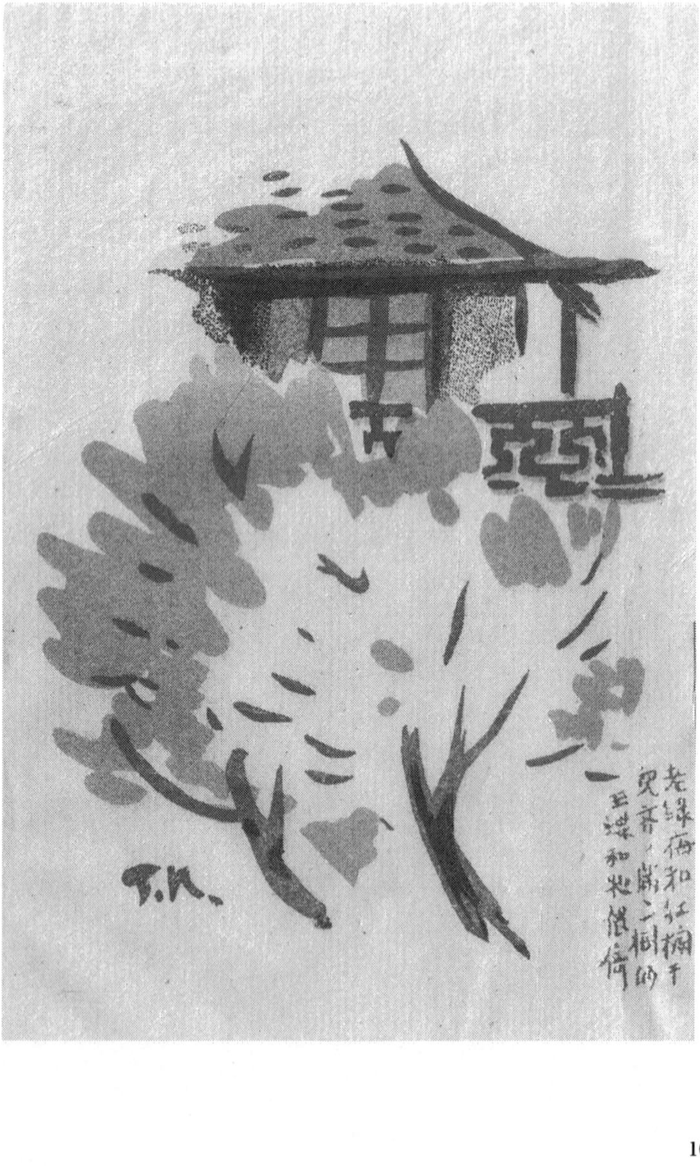

「登！」「登！」從梯上来了，

看了看，去跳了。

★玉蝶，白梅花底一種。

無錫老太婆底房子上，

有燒飯的烟；

隔壁樓窗裏的女人，
停了她底針線。
蜂蝶們倦了，不在花間；
孩子們倦了，不在花前；
家〻都有燒飯的烟。

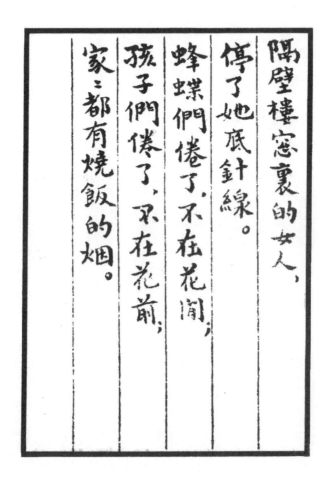

第十五

小小一个桃核儿，
不多時，搖搖擺擺紅過了牆頭。

第十六

有一年，曲池中種紅藕。
「會開荷花的。」

從紅藕下了泥，
荷花沒搖曳牠底粉紅衣；

徒然被浮萍漲滿了，
綠得快々活々的，
且怪可討厭的了。

＊蘇寓曲園內有曲池，形如篆文曲字。

第十七

離家的燕子，
在初夏一个薄晚上，
隨輕寒的風色，
嬾〻的飛向北方海濱来了。

老向風塵間，
這樣的，燕啊！燕啊！
T.K.

雙雙尾底翩躚，
漸漸褪去了江南綠，
老向風塵間，
這樣的，剪啊，剪啊。

重來江南日，

可憐只有脚上的塵土和牠同来了，

還是這樣的，剪啊，剪啊。

第十八

庭前比我高不多的櫻桃樹，

黃時，鳥聲啾喳着；
紅時，只賸了些大半顆，小半顆了。

我們惜櫻桃底殘，
又妬小鳥們底来食，
所以，把大半顆，小半顆的紅櫻珠，

搶着咽了。

第十九

朝陽在蘇州河上朦朧着，
有霧哩。

我不認識那裏是，
船家嚷：「上海到啦！」

車馬，高大的房子，人，塵土……
為什麼都這樣的紛紛擾擾？
都這樣的嘈嘈雜雜？

總是向来所未曾有的。
於是在初明的朝暉下，
瞥見上海市鮮活的片影；
即使後来人說是灰色的影子。

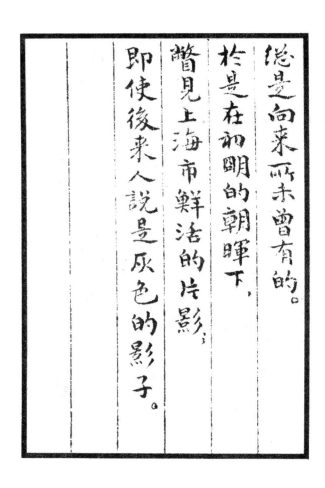

桂花白糖粥
T.K.

第二十

門前軟々的綠草地上、
時有叫賣者来。
〝桂花白糖粥！〟
聲音是白而甜的。
〝酒釀——酒！〟

聲音是微酸而澀的。
我們一聽便知道了，
這本太分明了。

如空跑到草地上，
沒有錢去買來吃；

他們會踅到隔巷中去吆喚，不理
我們的。
糖粥担儿上敲着："閣，閣，閣！——"
又慢，又軟，又沙的是：
"酒釀，——酒——"

以上諸篇一九二二年六月前在杭州作

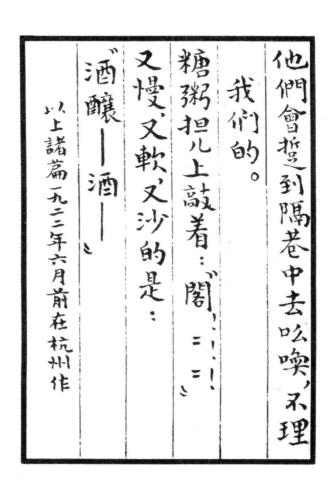

第二十一

小々的闌干，红着的，

蒲葵扇上，梔子花儿底晚香。

第二十二

亮汪〻的兩根燈草的油盞，
攤開一本禮記，
且當牠山謌般的唱。

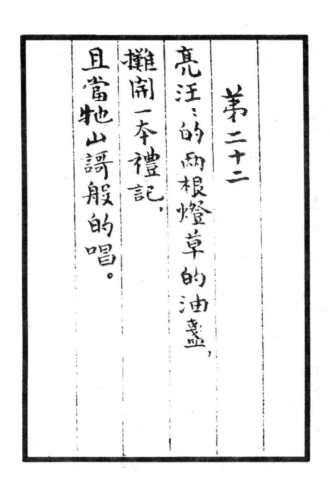

乍聽間壁又是說又是笑的，
她來了罷？
禮記中盡是些她了。
娘！我書已讀熟了。

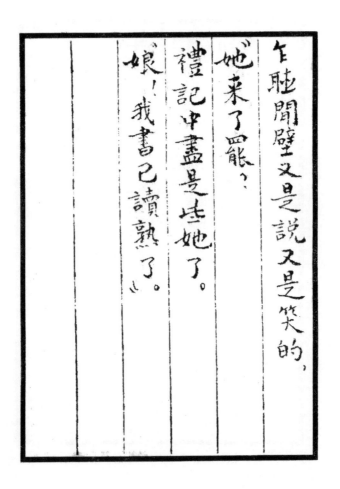

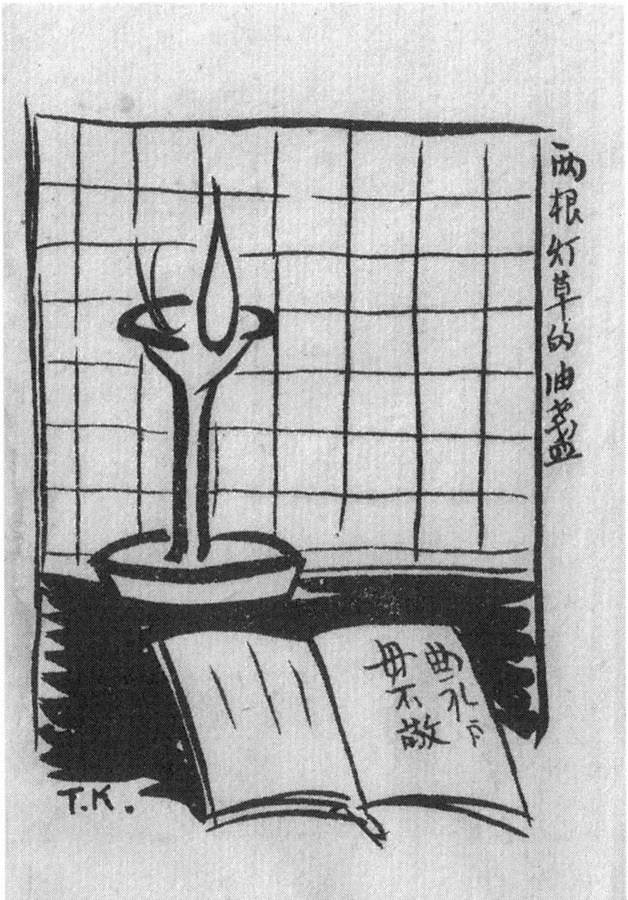
两根灯草的油盏
曲礼上
毋不敬
T.K.

第二十三

她底照片在一小抽屜裏。
他們都會笑我的，
假如當着他們去看。
但是，背着他們看不更好嗎？、
好笨的啊！

第二十四.

沙軟而重的眠歌，
依依若在我耳旁。
所賜給的，

真極人間世底廣，
使我不復羈于第三世界而彷徨，
使我不復愴怨吾生底渺茫。

人已遠了，説已晚了，
可默然了。

我將嚼我底哀思，——
不然，我底全心喲，
於墳墓了。

第二十五

夜真是可怕的靜，
淡青的月儿斜切着纸窗一角，
以外仍是黑的。

到〃花〃胡蜨飛過牆〃的調子，
跟着她們底脚步，

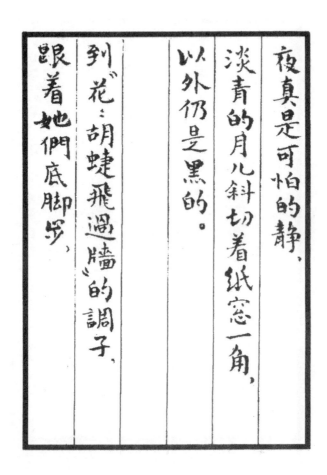

柔曼悠揚地響在長廊，
笑語也滿了長廊，
枕儿軟了，席儿涼了，
夏夜一霎便去了。

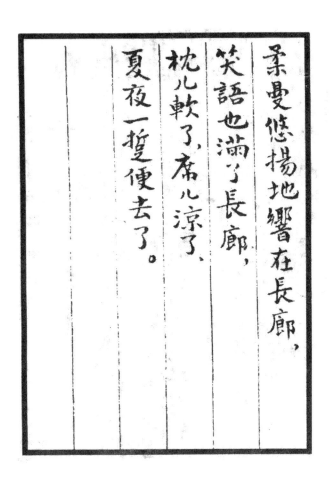

淡青的月兒
斜切着
紙牕一角！
T.K.

第二十六

今儿是八月半。—不錯！、

一定要點高々的斗香，

上面有多〻少、的旂子。

蠟燭明得可愛，

旂子紅得可愛，
斗香底烟亂七八糟得可愛。
他們偏要鬧什麼「做詩」、
算怎麼一回事呢？
他們究竟做了沒有呢？、
想是哄我們的。

不然，當真去做詩，
放着桌子上供月亮媽媽的餅不來吃，
真是傻子了

第二十七

惻々的情思，嬾々的脚步，
向蚤々斜々的水亭上闌干倚了。
池畔壓着一欉黃的棣棠。

棣棠點々頭，他想起什麼來了。

棣棠睡着，他可更想多了。

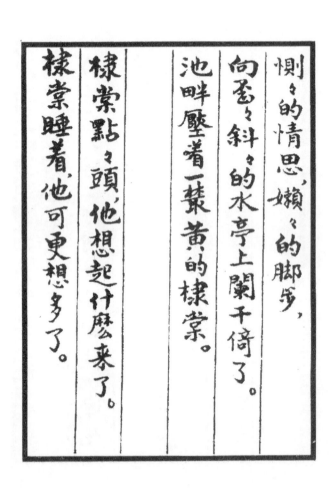

以上諸篇同年九月八日夜作于美國波宅謨。

第二十八

紅蠟燭底光一跳一跳的。

燭臺上，今夜有剪好的大紅紙，

碧綠的柏枝，還綴着鵝黃的子。

紅蠟燭底光一跳一跳的，
照在掛布帳的床上，
照在裏床的小枕頭上，
照在小枕頭邊一雙小紅橘子上。

紅蠟燭底光，
一跳一跳的。
T.K

第二十九

慣垂紫玉瓔珞的籐蘿架，
漸綠羅帳似的陰陰了。
老梧桐樹肥直的腰肢，

響着花喇喇的大葉。

知了之聲焦灼，
蝦蟆之聲繁多，
一般的響。

只一个在亭午，

一个在夜晚上；
只一个在池邊，
一个在樹梢上。
長夏来時，老戀着牠們倆。

*知了，蟬也。

板々地湛碧的天，
垂々地匀細的簾子，
孩子坐在比他大得多，大得多的椅
子上，咿啞々地讀，
時々睡々知了底叫，
更從簾縫裏偷瞧太陽底影子。——

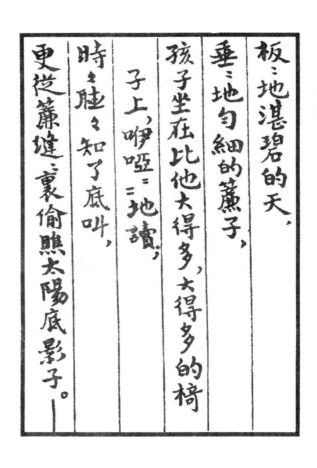

光着膀子呢。

九月三十日。

第三十

近黃昏了燈還沒有上，

梔子又一陣〻的香。

不但近黃昏，且近夜了，
燈却還沒有上。

已甚朦朧的中夏底薄曉上，

太朦朧的三兩重的碧紗牕，
她，高々的身个儿，銀紅的衫儿，
一瞥便去了。

可愛的奴々，可愛的朦朧，
以她底可愛而皆可愛了。

惟癡絕的猶以為不足。

我若是个畫家，
它就這朦朧且匆々的景光，
將一件銀紅的衫儿鮮明地染了。
我若是个詩人，

几与儿辈作游戏，

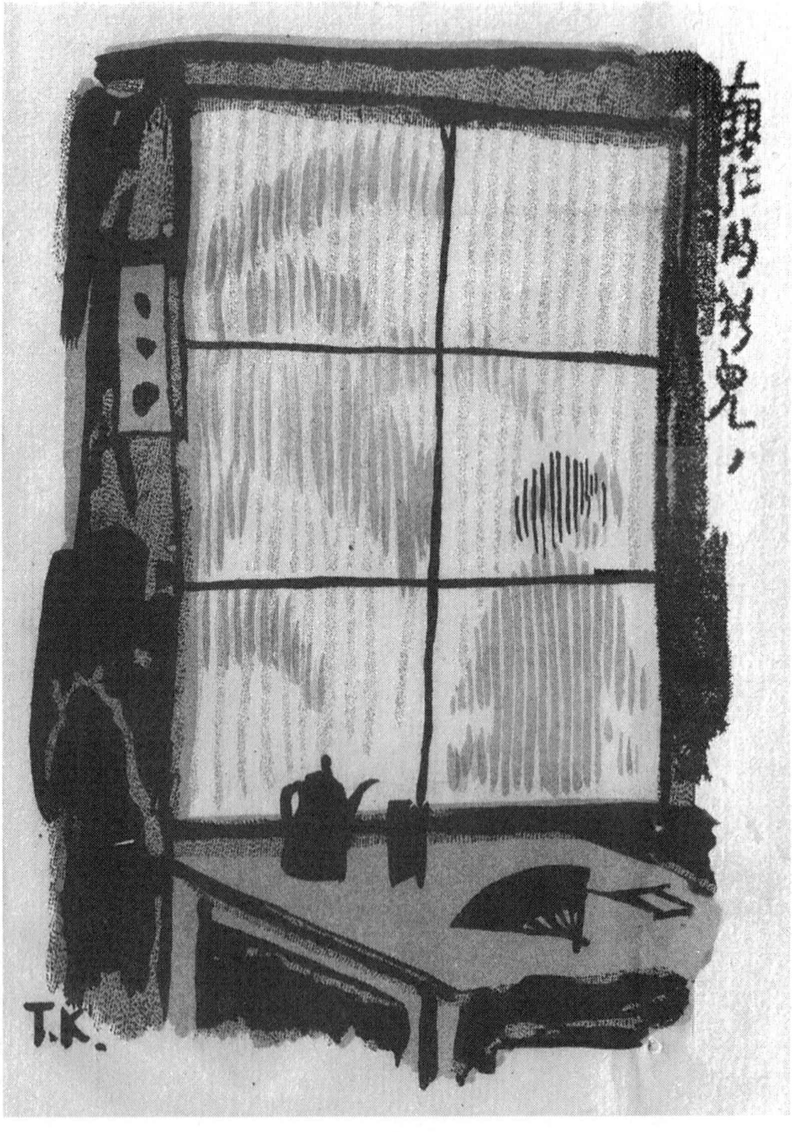

空把那時所有的狂歡怨思，
隨她底影兒微微一掠，
傾注於筆尖，融漾於詞喉了。

但我可憐，空着一雙手，
讓朋友底琴唱罷。

〝我的光榮啊，

我若有光榮啊！*

*語見雪朝第二六頁。

十月十九夜。

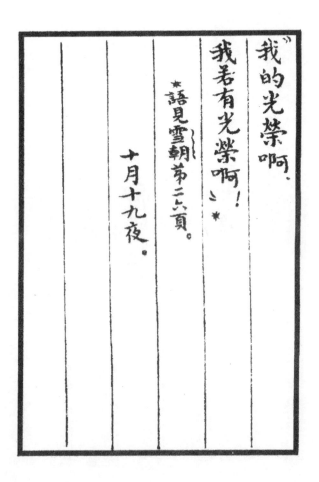

第三十一

我有一把彎、俄國底漆刀，
印着好看的花紋，
我們都不懂。
俄國人畫的。

倒是藍得像什麼似的！
像个什麼呢？——
告訴你！你——来。
非常之藍，藍得很！

不知那一天，刀忽然折了腰。

我不歡喜看這赤條條黃木頭底怪樣子，
一扔扔到床頂上，
再不瞅牠一眼。

你得知道，
就在我那床頂上，

牠飞乖乖的歇着喔。
只是，我——
再不瞅牠一眼。

第三十二

像數忘了的，
白的繡球兒、
T.K.

上燈節底大〻晚上：
提着的有，
掛着的有，
擎着的有，
自己跑着的有；
在院子裏，

在堂屋裏，

在廊上，在我房裏。

紅的金魚，

碧綠的蝦蟆，

黃的螳螂

白々的兔子……

你數忘了一个，

白的繡球儿。

是的！白々的兔子和繡球儿。

繡球儿倒也是个白的。

小蠟燭，小得很，
經不起風吹，
風吹便要淌眼淚，
躲在燈儿底懷裏。

摟着，抱着，

輕〻的拍着，
只落得桃紅色的淚珠儿，
大〻的濺了一臉。
牠們倆抖〻地當着風前哭！！

薄〻的紙燈，

搖搖的短檠，
東北風吹來，冷冷清清。
淚流呀，——流也罷，
淚終于凝；
長流呀，——長流也罷，
終于要凝。

誰都倦了，誰都要睡了，
遲遲的晚冬之夜，
是燈兒們睡的時候，
是小孩子們睡的時候；
即使在大上燈節底大晚上！

十月二十一日。

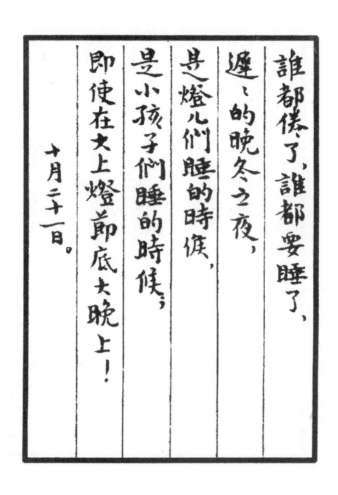

以上作于美國紐約城。

第三十三

淡漠極的清烁，

近黃昏時，灰色的天空，

朦、朧、地露出孩子底黑的
髮髮，黑而且大的眼、
T.K.

有一隊飛盤旋着，飛嘶叫着的黑老鴉。
紙格子的窗，
窗底中央，一塊小方玻璃，
朦朦朧朧地露出孩子底黑的鬚髮，
黑而且大的眼。

孩子在鐙前，
老鴟們在窩裏；
銀灰色的黃昏，
挨着鐵灰色的夜。
只賸得淡青色油盞火底微芒，
在小方玻璃面前，

獨自的哀々地顫，抖々地哭；
而老黃的紙格子們，
都方正地板着臉。

一九二三年五月廿五日作。

第三十四

竹檽戞着；

蒲扇拍着；

一陣冬青樹的風，

把衕堂裏兩扇板門

彭彭的響着。

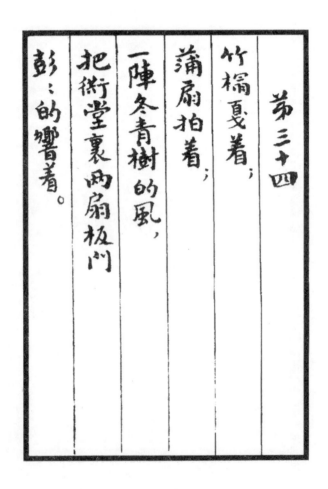

月亮兒躲在楊柳裡
T.K.

第三十五

月儿躲在楊柳裏，

我倆都坐着，

矮的欖上，長的廊上。

姊姊底故事講得好哩。

月兒移上楊柳梢，
我們便倦了；
月兒穿出楊柳外，
我們便去了。

到月光遍漫長廊，
我們在床上了；
到月光斜切紙窗，
我們早睡着了。

月儿度過中天，
向清苦的西方直落下去。
曉風吹動耿耿的長庚，
搖搖的好像一盞燈。
家鷄還要睡睡呢，
但遠處已喔喔然了。

窓子裏，帳子裏的，
戀着癡甜的夢的我們，
可還是沒有醒

五月卅一中夜作。

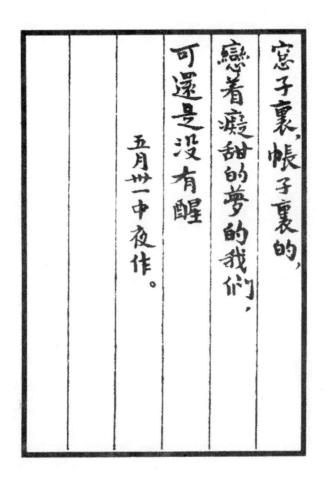

第三十六

憶底跋尾

燕子愛牠底顛巢，
甚於愛牠主人底畫梁。

靛似的海洋，

銀樣的冰川，
焦的黃沙磧，
嫩的綠草原，……
那些踪跡都黯淡了，飄墮了，
且融解了。
只有雛年曾嬉戲過的舊巢，

是和牠稔熟的，
是和牠親密的，
是和牠相擁抱的。

小燕子其實也無所愛，
只是沈浸在這朦朧而飄忽的夏夜

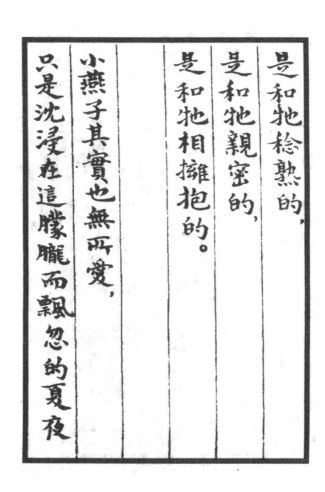

夢裏罷了。

此詩依次本列第卌四、回為本集之跋

移至卷後。

一九二五年二月一日鈔畢記。

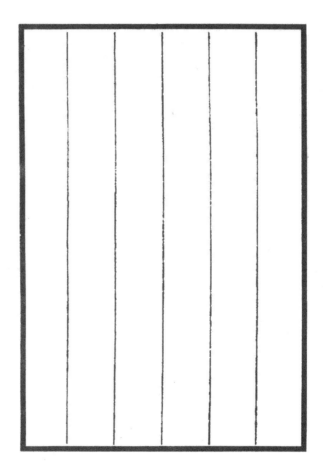

憶之附録

年来偶有用舊體詩寫往事者，此亦憶之屬也。

京師舊游襍憶 七年舊作

傾有驕驄陌上嘶，風蟬寥戾過楊枝。樓頭鐙影樓前月，醉裏情懷似舊時。什刹海

偶移塵躅踏山林，栽罷南岡又北岑。重過

卿卿謹意減，更憐松桂未成陰。京西薛家山

百年陵闕散蕪烟，芳草牛羊識舊阡。一樹

山桃紅不定，兩三人影夕陽前。明景泰帝陵

吳苑西橋舊居門前

成塵寒雨浴河堤，鵝綠楊枝顫復歌。別

巷賣花聲乍遠，餛飩擔子上橋西。

十三年二月十一日。

海上秋鷗

長飆風側側，颭羣鷗，雲物倥傯亂入秋。抵得一林黃葉嘯，迴旋銀翅海西頭。

三月六日。

偶憶湖樓之一夜

出岫雲嬌不自持，好風吹上碧玻璃。捲簾愛此朦朧月，畫裏青山，夢後詩。

八月三日，作于北京。

過大取燈胡同感事

廣陌疏槐又晚晴，朱門曾此逐鸞軿。翠鬟欲溜扶頭坐，裙帶時搖九子鈴。

題平湖秋月圖

錦帶橋西杳鈿輪、楊枝還學水漪淪。尖風苦茗雙清侶、圓月何須憶故人、

君憶

君憶南湖蕩槳時、老人祠下共尋詩。而今陌上花開日、應有將雛舊燕知。

湖湄久坐待惺忪，絮語依稀一剪風。迴
首高樓燈影淡，笑渠同臥月明中。

十四年夏於北京。

憶江南

江南好、長憶在西湖。雲際遙青多擁髻，隄頭膩綠每皺螺。葉艇蘸晴波。

江南好，長憶在山塘。遲日烘晴花市鬧，鄰灘打水女砧忙。鈴塔動微陽。

江南好，長憶在吳城。門戶窺人鶯燕嬾；

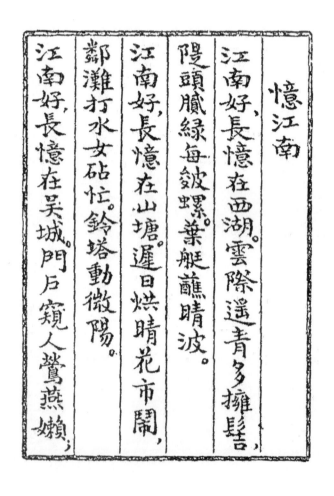

日斜深巷賣餳聲，吹徹杏花明。

江南好，長憶在吾鄉。魚浪鳥逢春撒網，蟹田紅稻夜鳴榔。人語鬧宵航。

七年夏在北京作。

臨江仙

記六年夏在天津養病事。

夢醒簟紋在臂，偶聞簫鼓押丁東。借君短

搨病惺忪。榴紅裙衩小，荷翠鬢雲鬆。
迴眄當年香墨，原来只恁匆匆。天涯是處
有秋風。身如黃葉子，霜雪會憐儂。

十二年十月十二日在紐約改寫舊作。

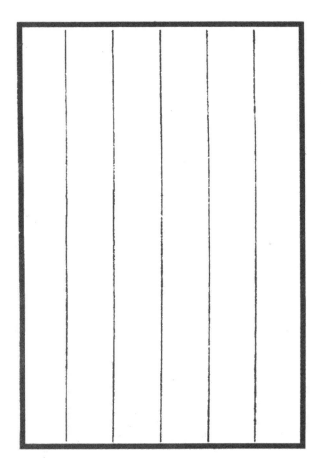

跋

小燕子其實也無所愛，
只是沈浸在朦朧而飄忽的夏夜夢裡吧[illegible]

——第三十六首——

人生若真如一場太夢，這個夢倒也
狠有趣的。在這個大夢裡，[illegible]還[illegible]

長々短々，深々淺々，肥々瘦々，甜々苦々，
無數々々的小梦。有些已经隨着日影
死去，有些還遠着呢。死去的梦便是
死去的生命，所以常々留下十二分的惋惜，
在人们的心裡。人们往々从「現在的梦」裡
走出，追尋旧梦的踪跡，正如追尋旧日的

戀人一樣；他越過了千重山、萬重水，一直
的追尋去。這便是「憶的路」。「憶的路」
是愈過愈廣闊的，是愈過愈平坦的；
曲々折々的路旁，隱現着幾多的驛站。
是行客們休止的地方。最後的驛站，在
白板上寫着朱紅的大字：「兒時」。這便

是憶的路的起點，平伯所徘徊而不忍去的了。

已去的梦因為已去的緣故，一例是甜蜜々，但又酸溜溜的。這便合成了別一種滋味，就是所謂惆悵了。而兒時的梦」和現在差了一世界，那醞釀着的惆悵的味兒，更

其肥腴得可以，直膩得人沒法兒！您想想那

顆一絲不掛卻又要着一切的童心；眼見得

在那隱約的朝霧裡，憑您怎樣招着您

的手兒，總是不回到腔子裡來，這是多麼

「餓」呢！於是乎他覺着悶的慌，便老老實實

々的，像春日的輕風在綠樹間微語一般，低

々的，密々的將他的可憶而不可捉的「兒時」許給您了。他雖然不能長住在那「兒時」裡，但若能多招呼幾個伴侶去徘徊幾番，也可畧減他的空虛之感；那惆悵的味兒，便不致老在他的舌尖上膩着了。這是他的聊以解嘲的法門，我們都多少能默喻的。

在朦朧的他兒時的夢裡，有像紅蠟燭
的光一跳々々的，便是愛。他愛故事講得好
的姊々，他愛唱沙軟而重的眠歌的乳母，
他愛流蘇帽兒的她。他也愛翠竹叢裡一
鳥的金點子和小枕頭邊一双小紅橘子；也
愛紅綠色的蠟淚和卷々的頂大的斗篷；也

愛翦啊，翦翦啊的燕子和躲在楊柳裡的月亮、…………；他有着純真的，爛漫的心；凡和他接觸的，他都与他們諗熟，親密——他一例的擁抱了他們。所以他是自然（人也在內）的真朋友！

他所愛的還有一件，也得給您提明的，便

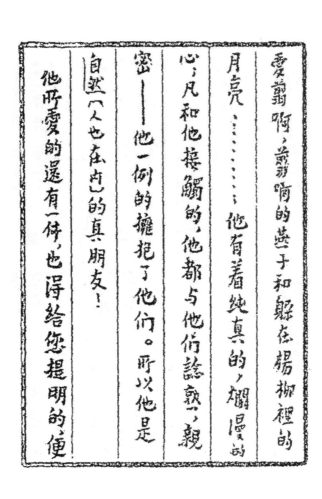

是黃昏与夜。他説他將像小燕子一樣，
沈浸在夏夜梦裡，便是分明的自白。在
他的「憶的路」上，在他的「覓時」裡，滿佈着
黃昏与夜的顏色。夏夜是銀白色的，
帶着梔子花兒的香；秋夜是鐵灰色
的，有青色的油盞火的微芒，春夜最是

關的是上燈節，有各色燈的輝煌，小燭的搖蕩，冬夜是數除夕了，紅的、綠的、淡黃的顏色，便是年的衣裳。在這些夜裡，他那生活的模樣兒啊，短々兒的身材，肥々兒的個兒，甜々兒的面孔，有着淺々的笑渦，這就是他的夢，也正是多麼可愛的一個孩子？至於那黃昏，都籠罩着銀紅衫兒，流蘇帽兒的她的朦朧影，自然也是可愛的！——但是，他為什麼愛夜呢？聰明的您得問了。我說夜是渾融的，夜是神祕的，夜張開了她無長不長的兩臂，擁抱着所有的所有的，但您卻瞅不着她的面目，摸不着她的下巴；這便因可驚而覺着十二分的可愛。堂々的白日，界畫分明的白日，分割了愛的白日，豈能如她的繫着孩子的心呢？但之國，夢之國，正是孩子的國呀，正是那時的平伯的國呀！

平伯說他的憶中所有的即使是薄々的影，只要牠們歷々而可畫，他便採動了那風魔了的眷念。他說「歷々而可畫」，原是一句綺語；誰知後來真有為他「歷々畫出」的子愷呢？他說「薄々的影」，自是撝謙的話；但這一個「影」字都是以實道實，確切可靠的。子愷便在影子上着了顏色——
——為根據平伯的話推演起來，子愷可說
是厚其所薄了。影子上着了顏色，確乎
格外分明：我們不但能用我們的心眼看見
平伯的夢，更能用我們的肉眼看見那些
夢了。於是更搖動了平伯以外的我們的風

魔了的春念了。而梦的顏色加添了朴夕的滋味，便是悍伯自己，因這一畫啊，只怕也要重蒞到那向人的，臟臟的惆悵之中而難以自解了！至於我，我呢，在這双美之前，只能重複我的那句老話：「我的光榮啊，我永々光榮啊！」

我的兒時現在真祇賸了「薄々的影」。我的「憶的路」幾乎是直以矢的了；像被大水洗了一般，寂寞到可驚的程度了！這大約因為我的兒時實在太單調了；沙漠一般展伸着，自然沒有我的「依戀」迴翔的餘地了。平伯有他的好時光，而以不

能重重占領多恨，我是並沒有好時光，
說不上占領，我的空空靈靈感是兩重重的！
但人生畢竟是可以相通的，手伯許給
我們他的「見時」，手檯又畫出了牠的輪
廓，我們深深領受的時候，就當是我們自
己所有的好了。「你的就是我的，我的就是

你的，豈止「慰情聊勝無」呢？培根說，
「讀書使人充實」；在另一意義上，你眞
容我說吧，這本小小的書確已使我充
實了！！

一九二四年八月十七，朱自清記。

附錄

關於《憶》的話

「五四」前夕興起的新文學運動，父親俞平伯就是早期參加者之一，努力提倡和創作白話詩和白話文。一九二二年他和朱自清、葉聖陶、劉延陵等創辦了「五四」以來最早的一個詩刊，即《詩》月刊。二十年代他寫了三部新詩集：（一）《冬夜》，（二）《西還》，（三）《憶》。

這裡主要想說說關於《憶》的一些話。父親在他的《詩的進化的還原論》一文中說：「我對於詩的概括意見是：詩是人生的表現，並且還是人生向善的表現。詩的效用是在傳達人間的真摯、自然，而且普遍的情感。」他認為「詩的心正是人的心，詩的聲音正是人的聲音」。《憶》是他在一九二〇年開始創作，一九二四年完成的。此書前頁即寫明「呈吾姊」，也就是獻給我母親。因為父母親原本是表姊弟。自幼都住在蘇州。青梅竹馬，往來甚密。他們一九一七年結婚。一九二〇年及一九二二年父親先後兩次出國去英、美。新婚後遠走重洋，自然會對昔日生活有諸般回憶。如《憶》中的第十首詩。

有一天，黃昏時，

流蘇帽的她來我家。

……………

這首詩就是將童年時表姊弟之間的兩小無猜和新婚時的感情熔在一起。自己的回憶只能留在腦海中，寫出詩就能將真情表達出來，再經豐子愷先生用畫將不可見的回憶呈現在讀者眼前。又如第二十二首：

……………

乍聽間壁又是說又是笑的，

「她來了罷？」

禮記中盡是些她了。

「娘！我書已經讀熟了。」

短短幾行詩中，卻能包含許多複雜的感情，能使人身臨其境。

當然《憶》中的詩，並不都是為我母親而作的。主要還是他對童年的回憶。

如第四首：

騎著就是馬兒；
耍著就是棒兒。
在草磚上拖著琅琅的，
來的是我。

第十一首：

爸爸有个頂大的斗篷。
……………

第十二首：

「來了！」
「快躲！門！門……」
……………

這些都是每個兒童都會有的感情。如古人所云：「文章本天成，妙手偶得之。」他用簡練的詩的語言表達出來，故能引起讀者的共鳴。再加上豐子愷先生精彩的畫就更加傳神。

一九七七年是父母結婚六十周年，按我國習俗，稱為「重圓花燭」。父親為此作了首長詩。贅述六十年來兩人的共同生活。「嬿婉同心六十年」即是《重圓花燭歌》的主題。其中有句云「高麗匣子珊瑚色，小蠟溶成五彩珠，」（自注：舶來小燭長約二寸、顏色鮮豔，滴淚成珠，貯匣為玩、事見昔年新詩集《憶》插圖。惜未似遙夜閨思引敘所云，對華燭之溶凝空有兒嬉之想者是也。）又有句云：「小院琴聲佳客來，青螢照讀燈花喜（自注：事亦見《憶》。其後東嶽集詩云：廣小挑芯讀夜書，聞來外姊輟伊吾。）因此得知，童年往事在父母親心中記憶極深。五彩小蠟珠是父母童年共同玩耍並珍藏的。每當他們向我講述這段往事，眼中就自然的閃爍出光芒。朱自清先生最了解他對童年往事的留戀，所以在跋語中寫到「……飛去的夢便是飛去的生命，所以常常留下十二分的惋惜……這便是『憶』的路。……『兒時』，這便是『憶的路』的起點，平伯所徘徊而不忍去的了。」

今《憶》將要出版，編者要我寫幾句。雖然父母親都已謝世，而他們對我講述的情景又展現在眼前，這就是我當年追隨父母親的「憶」吧！

俞潤民　一九九五年三月於北京

臺灣版後記

為重寫中國兒童文學史做準備

眉睫（簡體版書系策畫）

二〇一〇年，欣聞俞曉群先生執掌海豚出版社。時先生力邀知交好友陳子善先生參編海豚書館系列，而我又是陳先生之門外弟子，於是陳先生將我點校整理的梅光迪講義《文學概論》（後改名《文學演講集》）納入其中，得以出版。有了這個因緣，我冒昧向俞社長提出入職工作的請求。俞社長看重我對現代文學、兒童文學研究的能力，將我招入京城，並請我負責《豐子愷全集》和中國兒童文學經典懷舊系列的出版工作。

俞曉群先生有著濃厚的人文情懷，對時下中國童書缺少版本意識，且缺少人文氣質頗不以為然。我對此表示贊成，並在他的理念基礎上深入突出兩點：一是以兒童文學作品為主，尤其是以民國老版本為底本，二是深入挖掘現有中國兒童文學史沒有提及或提到不多，但比較重要的兒童文學作品。所以這套「大家小書」，頗有一些「中國現代兒童文學史參考資料叢書」的味道。此前上海書店出版社曾以影印版的形式推出「中國現代文學史參考資料叢書」，影響巨大，為推動中國現代文學研究做了突出貢獻。兒童文學界也需要這麼一套作品集，但考慮到兒童讀物的特殊性，影印的話讀者太少，只能改為簡體橫排了。但這套書從一開始的策劃，就有為重寫中國兒童文學史做準備的想法在裡面。

為了讓這套書體現出權威性，我讓我的導師、中國第一位格林獎獲得者蔣風先生擔任主編。蔣先生對我們的做法表示相當地贊成，十分願意擔任主編，但他畢竟年事已高，不可能參與具體的工作，只能以書信的方式給我提了一些想法，我們採納了他的一些建議。書目的選擇，版本的擇定主要是由我來完成的。總序也由我草擬初稿，蔣先生稍作改動，然後就「經典懷舊」的當下意義做了闡發。可以說，我與蔣老師合寫的「總序」是這套書的綱領。

什麼是經典？「總序」說：「環顧當下圖書出版市場，能夠隨處找到這些經典名著各式各樣的新版本。遺憾的是，我們很難從中感受到當初那種閱讀經典作品時的新奇感、愉悅感、崇敬感。因為市面上的新版本，大都是美繪本、青少版、刪節版，甚至是粗糙的改寫本或編寫本。不少編輯和編者輕率地刪改了原作的字詞、標點，配上了與經典名著不甚協調的插圖。我想，真正的經典版本，從內容到形式都應該是精緻的、典雅的，書中每個角落透露出來的氣息，都要與作品內在的美感、精神、品質相一致。於是，我繼續往前回想，記憶起那些經典名著的初版本，或者其他的老版本——我的心不禁微微一震，那裡才有我需要的閱讀感覺。」在這段文字裡，蔣先生主張給少兒閱讀的童書應該是真正的經典，這是我們出版本套書系所力圖達到的。第一輯中的《稻草人》依據的是民國初版本、許敦谷插圖本的原著，這也是一九四九年以來第一次出版原版的《稻草人》。至於解放後小讀者們讀到的《稻草人》都是經過了刪改的，作品風致差異已經十分大。俞平伯的《憶》也是從文津街國家圖書館古籍館中找出一九二五年版的原著來進行重印的。我們所做的就是為了原汁原味地展現民國經典的風格、味道。

什麼是「懷舊」？蔣先生說：「懷舊，不是心靈無助的漂泊；懷舊也不是心理病態的表徵。懷舊，能夠使我們憧憬理想的價值；懷舊，可以讓我們明白追求的意義；懷舊，也促使我們理解生命的真諦。它既可讓人獲得心靈的慰藉，也能從中獲得精神力量。」一些具有懷舊價值、經典意義的著作於是浮出水面，比如孤島時期最富盛名的兒童文學大家蘇蘇（鍾望陽）的《新木偶奇遇記》；大後方為少兒出版做出極大貢獻的司馬文森的《菲菲島夢遊記》，都已經列入了書系第二批順利問世。第三批中的《小哥兒倆》（淩叔華）《橋（手稿本）》（廢名）《哈巴國》（范泉）《小朋友文藝》（謝六逸）等都是民國時期膾炙人口的大家作品，所使用的插圖也是原著插圖，是黃永玉、陳煙橋、刃鋒等著名畫家作品。

中國作家協會副主席高洪波先生也支持本書系的出版，關露的《蘋果園》就是他推薦的，後來又因丁景唐之女丁言昭的幫助而解決了版權。這些民國的老經典，因為歷史的原因淡出了讀者的視野，成為當下讀者不曾讀過的經典。然而，它們的藝術品質是高雅的，將長久地引起世人的「懷舊」。

經典懷舊的意義在哪裡？蔣先生說：「懷舊不僅是一種文化積澱，它更為我們提供了一種經過時間發酵釀造而成的文化營養。它對於認識、評價當前兒童文學創作、出版、研究提供了一份有價值的參照系統，體現了我們對它們的批判性的繼承和發揚，同時還為繁榮我國兒童文學事業提供了一個座標、方向，從而順利找到超越以往的新路。」在這裡，他指明了「經典懷舊」的當下意義。事實上，我們的本土少兒出版是日益遠離民國時期宣導的兒童本位了。相反地，上世紀二三十年代的一些精美的童書，為我們提供了一個座標。後來因為歷史的、政治的、學術的原因，我們背離了這個民國童書的傳統。因此我們正在努力，力爭推出真正的「經典懷舊」，打造出屬於我們這個時代的真正的經典！

但經典懷舊也有一些缺憾，這種缺憾一方面是識見的限制，一方面是因為審稿意見不一致。起初我們的一位做三審的領導，缺少文獻意識，按照時下的編校規範對一些字詞做了改動，違反了「總序」的綱領和出版的初衷。經過一段時間磨合以後，這套書才得以回到原有的設想道路上來。

欣聞臺灣將引入這套叢書，我想這對於臺灣人民了解大陸的兒童文學是有幫助的。林文寶先生作為臺灣版的序言作者，推薦我撰寫後記，我謹就我所知，記述於上。希望臺灣的兒童文學研究者能夠指出本書的不足，研究它們的可取之處，為重寫兩岸的中國兒童文學史做出有益的貢獻。

二〇一七年十月於北京

眉睫，原名梅杰，曾任海豚出版社策劃總監，現任長江少年兒童出版社首席編輯。主持的國家出版工程有《中國兒童文學走向世界精品書系》（中英韓文版）、《豐子愷全集》《民國兒童文學教育資料及研究》，主編《林海音兒童文學全集》《冰心兒童文學全集》《豐子愷兒童文學全集》《老舍兒童文學全集》等數百種兒童讀物。二〇一四年度榮獲「中國好編輯」稱號。著有《朗山筆記》《關於廢名》《現代文學史料探微》《文學史上的失蹤者》，編有《許君遠文存》《梅光迪文存》《綺情樓雜記》等等。

民國時期經典童書 A0801006

憶

作　　者 俞平伯
版權策劃 李　鋒

發 行 人 陳滿銘
總 經 理 梁錦興
總 編 輯 陳滿銘
副總編輯 張晏瑞
編 輯 所 萬卷樓圖書(股)公司
特約編輯 沛　貝
內頁編排 林樂娟
封面設計 小　草
印　　刷 百通科技(股)公司

出　　版 昌明文化有限公司
　　　　 桃園市龜山區中原街 32 號
電　　話 (02)23216565
發　　行 萬卷樓圖書(股)公司
　　　　 臺北市羅斯福路二段 41 號 6 樓之 3
電　　話 (02)23216565
傳　　真 (02)23218698
電　　郵 SERVICE@WANJUAN.COM.TW
大陸經銷
廈門外圖臺灣書店有限公司
電郵 JKB188@188.COM

ISBN 978-986-496-063-7
2017 年 11 月初版一刷
定價：新臺幣 320 元

如何購買本書：
1. 劃撥購書，請透過以下帳號
　帳號：15624015
　戶名：萬卷樓圖書股份有限公司
2. 轉帳購書，請透過以下帳戶
　合作金庫銀行古亭分行
　戶名：萬卷樓圖書股份有限公司
　帳號：0877717092596
3. 網路購書，請透過萬卷樓網站
　網址 WWW.WANJUAN.COM.TW
　大量購書，請直接聯繫，將有專人為您服務。(02)23216565 分機 10

如有缺頁、破損或裝訂錯誤，請寄回更換

國家圖書館出版品預行編目資料
憶 / 俞平伯著．．臺北市 : 萬卷樓發行，-- 初版．-- 桃園市 : 昌明文化出版 ; 2017.11
　面 ;　公分．-- (民國時期經典童書)
ISBN 978-986-496-063-7(平裝)
859.08　　106018353